渡口歸人

韩原林 著

南海出版公司
2024·海口

图书在版编目（CIP）数据

渡口归人 / 韩原林著. -- 海口 : 南海出版公司,
2024.1
ISBN 978-7-5735-0793-8

Ⅰ. ①渡… Ⅱ. ①韩… Ⅲ. ①诗集－中国－当代
Ⅳ. ①I227

中国国家版本馆CIP数据核字(2024)第009841号

DUKOU GUIREN
渡口归人

作　　者　韩原林
责任编辑　何怡欣　吉训娜
美术设计　清　风
出版发行　南海出版公司　电话：（0898）66568511（出版）
（0898）65350227（发行）
社　　址　海南省海口市海秀中路51号星华大厦5楼　邮编：570206
电子信箱　nhpublishing@163.com
经　　销　新华书店
印　　刷　河北赛文印刷有限公司
开　　本　710 毫米 × 1000 毫米　1/16
印　　张　14.25
字　　数　189千
版　　次　2024年 1 月第 1 版　2024年 1 月第 1 次印刷
书　　号　ISBN　978-7-5735-0793-8
定　　价　68.00 元

作者简介

韩原林，撒拉族，青海循化人。中国作家协会会员，中国少数民族作家学会会员，青海省作家协会会员，鲁迅文学院第37期中青年高研班学员，现任海东市作家协会副主席、循化县作家协会主席。已出版诗集《清水湾诗笺》《生命之恋》。

寻找时间长河里的自己

——读撒拉族诗人韩原林诗集《渡口归人》

石彦伟

把所有的话在诗里说完

世上只有两类诗人：能言快语的诗人和沉默寡言的诗人。

前一类，算是见了不少。他们俯首可以写诗，抬头则滔滔不绝。你若去他们的家乡，必定朗声相迎，觥筹盛待；若来到北京，也常在编辑部楼下设好午宴，呼朋引伴，俨然主场。他们尤为喜欢借着醉态朗诵自己的诗，好像夸张的感动唯在此刻最见性情——好交往，善联络，慧心妙舌，毕竟是今世文人的一大才能。对此，如我这般“局外人”，也只能自愧不如。

不知为何，我所感到亲近并保持友谊的诗人，往往来自那些寡言世界里的后者。

认识韩原林兄，是因北京一位文学志愿者前几年踏访循化归来，屡屡把“三驾马车”挂在嘴边，难掩赞叹。河北有“三驾马车”，怎么循化也出了“三驾马车”？才知这是那位志愿者自己的评定——来自民间高度肯定的心情。

人口仅十余万的撒拉族诞生了一部令人称羡的文学史，我所认识的韩秋夫、马丁、阿尔丁夫·翼人、韩文德等几代诗家，都是西部诗界熠熠发光的名字；而据我所知，最近几年，在清水湾畔的循化城，一个风貌日新的创作群落悄悄跃入文学版图，不但在诗歌之外补齐了长篇小说、散文等体裁，还出现了《循化青年文学》这样的新媒体阵地，集聚了一批能量满荷的青年新锐。较之撒拉族文学曾经后援不足的境状，这真是一个现象级的新景观。促成这一蜕变的本土领军者，正是韩庆功、马明全、韩原林等几驾“马车”。他们的写作与社会活动，业已超越了个体价值，对身后站立的集体富于引领意义。

担任循化县作协主席之外，韩原林的本职角色是一位高中语文教师兼其他职务。既如此，讲台上的他一定是妙语连珠的，然而在我们的交往印象中，他实在不算是一个爱说话的人。我去过他的家乡，他也几次来到北京，甚至在鲁院就读期间，曾邀上几位各民族同学来到京东大厂，做客艺文小馆，开了满满一天读书会，不过，我们之间说上的话，加起来好像还比不过一首诗。

文人间的知心见性，绝不在饭桌酒馆，而唯仗作品。

眼前这本诗集《渡口归人》，让一个丰饶而隐秘的世界徐徐摊开，原来如此走心的韩原林，早已在诗里把两世的话都说完了。2019年，我曾向他约来一组佳作，编发在《民族文学》，并由此萌发创想：如能再推上一组撒拉族作家专辑就好了。这事找到韩原林后，他仍未多言，却在不多久寄来二十余份稿件，满是新人新作。听朋友闲叙，才知县作协为了这个尚未夯实的创意，铺开大网，恨不得来了一次“全族动员”，筛了又筛，改了又改——他们是多么期待这次集体亮相啊！

我终于明白：作为循化文学当下的领跑者，韩原林清癯斯文的外表和寥寥数语之下，分明承载着几多负重！

永远在回家的路上

如果以时态度量，韩原林的诗歌主要是朝向过去时的。

“我梦见我躺在麦粒的河流上 / 打捞前半生都在土地里的自己，却两手空空”，他喜写的物事，根植于青藏高原腹地的山水家园，富于农耕时代的原始烙印，试图在一粒麦仁里读懂世界。与主义先行的前卫派相比，这类乡土性书写固然看去有些保守了，然而让我惊讶的是，韩原林对乡愁加以怀敬的同时，赋予“边地”更多的文化品格。

如《青稞饼》这一首：

举镰的时候
我从牧歌之上的云端滑落
低垂着头的，麦穗
在阳光下如最美的新娘
风，提起她的裙摆，奔跑

太阳西沉
那一幕霞光里
站立的都是战士
战袍上凝结着高原红

是怎样的生命感知，让青稞与战士并列成一组？实际上，这本诗集中写到不少食物，皆超脱了物象本体意义，裸呈出诗人经验的复杂性。再如《杂粮饼》一诗，“女主人递上白玉盘 / 上面盛着正在生长的甘蔗青稞胡麻麦子 / 和无尽的原野”，辽阔的精神域境就这样找到了打开的方式。

“一个朝圣之徒 / 永远在回家的路上”，在路上，在这本诗集中也是一个母题。诗人走过不少地方，让我略感意外的是，北京本是韩原林接近理想的文学圣地，可他的诗中似乎找不到和都市文化交融之后新的创作途径——

“我用千里之外的故乡的雪 / 治愈自己”“把清水湾和村庄作为幕布 / 挂在京城落日之后的夜色里”“我也有回去的一天”……即使是很多鲁院人都写过的芍药居，他的感触却是“我记不起向东还是向西的站牌 / 老家的一场雪 / 下在我身上”；甚至，与登长城有关的写作，他写的也不是玉关天堑烽火狼烟，而是寒冷家乡的生病的妻子，“我把想说的都忘了，把长城也忘了 / 世界只剩她，孤身一人”。显然，代表着城市文明前端的北京时间，在韩原林眼中仍然是向后的，充满了身在异乡的疏离感和执拗感。

可以断定，韩原林真不是那种走到哪里都可以迅速适应的“快手”。他无法面对陌生的远方，“读出属于灵魂的真言”。只有回到黄河边，回到脐带之地，一片缩紧的叶子才舒展开来。

等待者撒拉尔

撒拉族的前辈诗学传统，擅写有力量的长诗，富于英雄色彩和史诗气质。韩原林也写母族，但美学取道已与前辈有别，似乎看不出太多传统的影调——他的追求更为自在和个性，多了一丝沉静、温润、丽日清风的气质。

惯常意义上，我们理解的撒拉族，离不开黄河浪尖的筏子客、青藏线上的铁军等印象，韩原林也写到“头颅落地与水的断裂间 / 在浪尖安放自己”这样的大句子，只不过点到为止，并非这本诗集的底色。令我颇为震动的一首《摆渡人》，写的不是惊涛骇浪中的“动”，而是漫长等待下的“静”。

摆渡人拉低了帽檐，一场雨
就要下来了
他要赶在一场风前，渡向彼岸
他在等一个人

水湾的涛声低低地压过来，又回转而去
那鸟儿来回穿梭在雨中，在汪洋里
俯冲，奋起，向远

他还没有来

夜幕扯下来
他像摆渡人放飞的鸟，云雨路上
却不见踪影。他得等
一声吆喝里起程

这首诗如果写的是个撒拉族人——我想他一定是青海循化撒拉族自治县的撒拉族人，那么韩原林的民族诗写，已经为民族气质的开掘多贡献了一重可能性。“那些民族的脊梁 / 给我的血脉植入了无法预知的养分”，这养分，显然不仅仅是勇敢的英雄主义。

如“渡口归人”一般，作者在等待。

他在等待着什么？这是韩原林的发现与叩问。

追着这一向度走，或许可以理解一个诗人为什么总也走不出旧时光的包裹，一直被浓重的乡愁吞没。

一个人的村庄，也是人类的村庄，沉淀着祖先注视的温度。它的变迁与漂泊，永远有“麦子里的太阳”，有祖先手中的火把。在《葡萄架下》中，韩原林笔下的父老乡亲，在雕凿的痕迹里“与时光同老”，宛似中世纪的西域牧场，在宁静至极的世界里“说一辈子的知心话 / 摘一篮子的星星”，这便是“旧时诵读的模样”。

的确，这样的撒拉族人的世界，无法不令人沉迷陷落。

所谓“向后”，未必都是怀旧，也可以是知义。

被光照亮的灵魂

韩原林的诗歌现场，特别注重仪式感。

光，是他的仪式。“在一束光里重生”“双手敷面，指缝里的光 / 沿着黑暗抵达内心深处的幽暗”“读懂自己，读懂一束光里 / 赐予的幸福”……在一些民族的认知中，世界上最洁净的并不是雪和水，而是光，唯它能够抵达灵魂的左岸，抚慰柔软与良善。韩原林并不掩饰对这一意象的顽痴，甚至还写了一位有着蓝色眼睛的“小努尔”，并从中洞见自己。而“努尔”是一个舶来词，为光明之意。

祈祷，是他的仪式。只有寂静的力量，可以“穿透祷词背后的疼痛”。如那位夜幕下的摆渡人一般，父亲说出“我们是等待者”这样的深刻哲理。在诗人眼中，父亲的影子中有祖先的模样，他的祷词“从黎明的缝隙里传来”，化解世间的疼痛和不幸。他像一个高贵的仆人，“点亮黎明前的 / 第一盏灯”。

被光照亮的灵魂，正是一个民族的文化秘境，是真正抵达韩原林的最后一条密道。如果不能够从“彼岸关怀”的维度给予体认，韩原林的“归隐之路”将很可能被长久地误读为守旧。我的心随着修行者的体验，缩紧，微颤：“他的心里装不下整个世界”，而是只够装“一把天堂的钥匙”，“你说——/ 最终会埋在一起吧 / 那院子一直开着”……在深沉的忧患中，在谦卑的敬畏中，在生命行将逝去的归期定制中，韩原林的时间意识不仅是在向后回望，更是在向大雪一般没有尽头的未来铺展开去。

于是便会懂得，为什么在韩原林的诗写中，即使一棵麦穗，也会懂得“鞠躬的意义”；为什么“沿着音韵行走 / 双手覆面 / 两行泪滑落”；为什么安详躺在重症监护室里的人，“站着是巨人，躺着也是巨人”；为什么诗人对于死亡，既是“渴望”的，又是“逃避”的……

这些适合在安静墓园中沉淀的思索，或许与这个匆忙的时代有些格格不入，却正是这位撒拉族诗人在时间长河中找到的自己，亦是西部诗歌亟待获得关切的精神重力所在。

（作者系中国作家协会会员，南京大学文学博士，《民族文学》原编辑）

目录

Mulu

目录

Mulu

目录

Mulu

第一辑·生命册

花开花落

我如凉风，穿透你虚掩的门
读你情弦里离我最近的音符

在某一刻，我为桃花，你为清风
在某一时，你为皓月，我为流水

和你点燃水边的篝火
而孤独于你于我，是座无法逾越的山

低头轻吟时
常常这样想着十里春风十里桃花

想着想着
你我就这样老了

多少年来，如影相随的一道门
隔着你，隔着我

你像一座城堡
装下比我更多的忧愁和不幸

你轻轻叹息
亦是水中月窥见镜中人

花开，该是风吹衣袖
花落，该是远山落雪

葡萄架下

走进你的世界
一个人
走进那条河流之上的村庄
从此，我的心，长久居留在此

葡萄架下
盖碗茶里溢清香
手抓羊肉端上桌
你说：席上坐的都是亲人

一条河流与时光雕凿的痕迹里
与时光同老的阿丽玛温婉善良
她说：索菲亚阿依霞挑水的路上
一路笑语和霞光

手携牧鞭
唱牧歌
赶羊群

和你一起走进黄昏

站在打麦场
高高的草垛上
说一辈子的知心话
摘一篮子的星星

你在画里，手指触到的地方
一书幽香，一纸温暖
便是你旧时诵读的模样
宁静至极

口弦里的爱

我听到的旋律中
你是羞涩的阿丽玛
一句情话里羞红了脸
低头
忸怩不安，却把彼此
装进心里

桃花开了又开
梨花落了又落
谁在远方
弹拨你的心曲

花格窗，月影落
伤心时，夜无边
那一次别离忧伤
那一曲思念成殇
那一句诉说刻骨
那一段祈祷穿心
……
一枚桃花里燕去回
一句嘱咐中度春秋

让你我，拾起旧时光
把一颗心揉碎
交给彼此

你是绿盖头下红艳艳的山丹
你是篱笆楼上挂在屋檐的红辣椒
你是河流、是涛声
是被思念卷起之后的那一颗心
你是山川、是沙海
是被忧伤刺痛之后的那一珠泪

谁会缝补炊烟裁剪春风
谁把自己嫁给秋月嫁给星空
谁把时光折叠成一室灯影的温暖
谁把日子描绘成一枚花朵的馨香

聆听，清浅如初的光影里
你眼里的人幸福一生美丽一世
满含热泪的那一刻
是思念、是呜咽、是期盼、是等待

炊烟升起
依着门
眺望远方的你
静静地陪伴那一轮月
……

和自己相处

在最美的年华
我渴望过死亡，因为心里有天堂
我逃避过死亡，因为心里有地狱

我，双手敷面，指缝里的光
沿着黑暗抵达内心深处的幽暗
一如既往地渴望
那一束光里的今生后世

小努尔

他拉住十月的裙角
回头看我们

于是，我们有理由伸手抚摸
——那蓝色的眼睛
——那起伏的胸脯
——那艳丽的裙带

他止于羞涩，移开目光
我们在黄昏中拾起自己的影子

芍药居地铁站

我忘记了自己之后忘记了世界
我傻愣愣地看着人群
列车开走一辆又一辆
——母亲病了
我记不起向东还是向西的站牌
老家的一场雪
下在我身上

生命册

一棵银杏树给了我在北海最灿烂的一个秋日
无数片叶子
披着光，飘落下来

当我疲惫、厌倦、孤身一人行走
想起所有抹不掉的名字
我想，我也有回去的一天

在一棵树下重拾自己
在诗性的自然里读自己
读出属于灵魂的真言

生命始生，归期已然
我像一片树叶
秋风里，将回归于你的怀抱

村庄

村庄，火的村庄
草木烟雨和水的村庄
一个人的村庄
人类的村庄

两只黑白的鸽子
呼唤醒来的先祖与人们
漂泊的村庄里
有麦子和麦子里的太阳

一个人的村庄
两只鸽子
守住村庄的秘密
和一个人的秘密

芍药居秋雨记

我喜欢雨水洗过的银杏，红的通透
那棵树下的空地正适合他们诉说往事

而我，正跟着寨子里的鸭客逆流而上，牧鸭而归
那山歌来的正好，明晃晃的月直钻心里的虚空

想到忌日

一个简单的场景
重复了很多年之后仍记在心里

今夜，一个深爱我的人泪流满面
让世界刹那成空

我的一生抵不过磨损的记忆
只够记一个名字

日喀则：在高处照见自己

我喜欢那白色的巷道
窄得只容纳一胖一瘦两人并肩行走
在这里，不适合拐弯抹角
洗去尘埃之后
表达一种愿望只需用虔诚就能找回自己

翻开一本古老的经典
找到自己最熟悉的章节读下去
用最直接的表白
救赎自己
问安世人

沿着音韵行走
双手覆面
两行泪滑落
人们相互参照
在对方身上照出自己

落在钟声里的脚印

寒山寺埋在雪里
张继系舟停泊千年的枫桥边
手写的钟声
传到耳膜，围住冷寂的夜晚
让夜更深

一场大雪里留下脚印
姑苏城一片白
最深的惆怅
落在钟声里

麦子

我梦见我躺在麦粒的河流上
打捞前半生都在土地里的自己，却两手空空

那个听布谷吹柳笛拾麦穗的画框里
套牛犁地吆喝的人老了

可是，我依然想你，你叫麦子
你像一个睡着的婴儿，在等待自己的春天

失语的世界

一位使者敲门之后
他落泪了

那一场落雪的葬礼
只有寂静，也只有寂静的力量
穿透祷词背后的疼痛

他无法回头
在一场没有尽头的大雪里
一直前行

在人世

你说远山淡远落雪将尽
你说世界只属于两个人

一个人的忧伤依着另一个人的忧伤
一个人的孤独牵着另一个人的孤独

挽着臂腕在风里行走
每一朵云最终都下落不明

一个人在诗里漂泊
一个人在诗外游走

重症监护室

我的心承受不住从南伽巴瓦峰滚落的巨石
一条河流从我的眼里汹涌而下

他，静静地躺着，安详至极
站着是巨人，躺着也是巨人

人世间的孤独已无颜色
一滴泪里说尽掩藏的清冷与悲伤

彼岸

麦子入仓后
整个荒芜被雨淋湿

渡河。他要在彼岸
系好余生

第二辑·旧书笺

雪域随想

所有的村落安睡在冰川上漂移
所有的生命降生在雪山上呼吸

以最冷的语言去培植雪莲的高度
在离太阳最近的光芒里前行

在这里，也只有圣者的头颅
如高悬的月那样圣洁

南山：你我

我在南山下
我的歌声里充满阳光的温暖
我种地的时候
我的血液里流淌柴米油盐的余香

在一个秋天
在另一个陌生的地方见到你
即便陌生或熟悉，我早已接受你
温暖的微笑

你生活在南山之外
你的衣裙比蝴蝶的翅还好看
你路过的时候
你的清香里浮动花木草果的细影

我土的像南山
我简单的像南山
我直白的思维像南山

我的内敛坚韧儒雅像南山

你美的状态像南山
你温柔的举止像南山
你的鼻子眉毛耳朵像南山
你的眼睛里的高度像南山

多年后的南山下
和你育有一儿一女
晴耕雨读，吟诗品茶
你我的日子更像南山

大悲舞

我是怕你被碾压粉碎
我是怕你被碾压粉碎之后失去灵魂
我收敛自己，回到最初的真实
在汪洋里涤荡之后
一双泪流成河的眼睛便绝望成岸边的枯树

那双眼睛里种过大片的庄稼
放牧过牛羊养育过儿女
经受过近似爱情之后无数的蹂躏
挣扎出一身的疲惫与哀伤

一条河穿越胸膛
在那河流之岸，我收割一生的贫穷
和你对话是件奢侈的事
自从关上那沉重的大门之后
只剩下沉重的叹息

你是左岸的一株荞麦花

贫瘠的土地上经营自己多年的幸福
我是右岸的一只蝴蝶
无意在这片土地上驻留很久

逃出夜色，凝望陌生的自己
骂出最痛心的咒语
我说亲爱的，你在悲悯一条什么样的河流
飞过这悲伤的舞台
从此不回来

由诗抵达清水湾

心停留的地方，由诗开始书写
写给你的信笺里画上水画上山，寄给千里之外
这是你我生死的地方

岁月的诗笺里写下清水湾的岩山丹霞、春秋风俗
金色的沙滩上描出积石川的春耕秋收、时光记忆
你是我心里的墨点，岁月的渡口
时时渲染出你的诗意青春

由诗开始，一起抵达清水湾
我们，生会在这里
死也会在这里

阿什匠村来客

有朋自远方来，招呼有山水
云上村庄临水花开

入座，请入座
啖饮山野蔬，清炒云烟绿

屋后木筏拉网入水
云携水山和群鱼一起入网

镜中渔筏照自影
群鸽起落炊烟升

农家小院树下，香烤煎炒入味
黄河尾鱼素质细嫩香又香

好不过自家盐，美不过自家人
山水在我家，异珍在我水

黄河绕山行，清水云边来
牧童放歌田野间，做客仙境忘归路

千山雪

千山有歌喧
冰凌有语哝
玉容似雪山居深深
素衣风流手执脉脉

经风亦沐雨
流雪已深沉
月湾吟诗夜夜风舞
凝思诵文日日修炼

此生金不换
闻香已闭眼
雪封千山无鸟鸣
已无憾事居香坞

把你留在最美处

你居于美——人景合一之处，你就是美
幽深空谷是你，小桥流水是你，夕阳恋歌是你

在这样的秋天唱着离歌，问问风
你把微笑留在谁的心上

唱一曲恋歌，把你的秋天设计成一枚书签
藏在记忆最深处

花仙子

——在天津街头观花仙子雕像有感

我不由自主地摸上你的额头
是因为我
无法拒绝你的美

请不要让我难过，不要让我难过
打开你的窗户
让我住进你的月下

你是一座花园

秋色很暖，清水河里的倒影是我
是离别很久的我
是用手捧着水花打在脸上的我
是默默注视你却无法倾诉衷肠的我
是把夕阳炊烟用心谱写成恋曲的我
是牛羊归来后送进村口的我
是把大片的庄稼收割后装进粮仓的我
是用手轻轻抚摸父母额头皱纹的我
是追随一只蝴蝶飞进黄昏后惆怅的我
再一次把自己融入村庄
是叶落之后捡起秋天所有的记忆的我
……
你是一座花园
你知道我从远方回来
把大片的色彩与记忆留给我
秋色里
我吻着你的额头
让我无从说起
离开之后的日子

致秋天

一千种颜色抵达心岸
那是额济纳草原赐给我的秋天

心被打开，用一针一线封存
一辈子的记忆

这辈子只有这一次的热烈
千万次的呼唤，魂牵梦绕的彷徨

我用心画一次你的眉毛
轻吻你的额头，入住你的家园

如果，那是迟到的我，让我变成
装饰你的最后那一抹低调的色彩

远方

一曲离歌如桃花梨花的开落
羞涩、甜蜜、忧愁里给你一个远方

那是一河春水拍岸而去、逐梦路上
执手送别，唱响离歌的远方

那是情弦里动人的旋律中雄鹰飞上蓝天
遨游青山绿水，满含深情的远方

那是大漠孤烟里铿锵的鸣叫中雁阵一字排开
闻听丝路花语，诉尽心事的远方

那是雪山湖畔放牧一个季节留下飞扬的自己
聆听马兰心语，花儿盛开的远方

那是走遍天涯之后离家越来越近的日子里
渴望风吹麦浪，瓜果丰收的远方

那是孕育的远方，等待分娩的远方
羞涩懵懂之后，成熟的远方

远方啊，梦想与现实中如花开落
那是秋日黄昏之后仰望星空的远方

远方，所有的远方
那是一生一世耕耘的远方，重温记忆的远方

所有的远方，魂牵梦绕的远方
收纳本色的远方，接纳生死的远方

缩短一生、放长一世的远方
行走天涯之后最终叶落归根的远方

炊烟再次升起的时候，你我都老了
远方只剩家园，一个可以把心安顿的远方

在尘世

在黄昏，泪水中送走老人
月儿挂在树梢
一脸的忧伤

蹲坐荒原
诵读经典的声音，在时空飞翔
在祝词中走进往日

一个人走后
活在众人心里的时间不长，且渐行渐远
信念路上，自己的灵魂需要自己悉心呵护

炊烟里的村庄在漂移，那一片树林在移动
羊群连同最后的悲伤
一起融为夜色

思绪恍如那月，悲切朦胧
一路记忆重演中

重拾自我

再回头
那一弯月爬上树梢
正褪去悲切

我们一起说出梅花吧

日暮云烟深，知愁已近春
多少年来
依然相隔天涯

我们一起说出梅花吧
她把秘密藏在心里
不等春风敲她的门

在二十四桥的月夜里
衔一首唐诗
聆听花开的声音

赶在最后一场雪前描眉画唇
雁去燕回，想起梅花
梳妆台前风送花香

楼外楼上临风吹笛
雪痕渐远，一起拾起
落在水里那一弯月

那枚邮票

雪落黄昏之后
在一棵沙枣树下等待月出
一枚邮票中读你的温度

那张邮票里有江南雨
荷塘边忧伤一季的伞下人
点燃思念

被你珍藏
被你拉长的人生
摆渡在雨雪里忧郁一生

回忆总是在落叶之后
留有温度的几行文字里
至死不渝

影子

听你的声音，雨点渐瘦
那年岁月里守望是你相见是你离别是你
炊烟是你家园是你生死是你
千万次的悲欢也是你
说出的是泪，听到的是沧桑
这辈子
用一生读懂一束光
我是你的影子
你是我的影子

第三辑·镜中人

雪山映湖

在湖岸
你早已是一朵雪莲
说出凡尘的轻薄
和冷

春去秋来，雁去雁归
一重山影几重雪
唯独不变的是山涧滑落的牧歌
划过湖面直抵另一个打开的心池

你是否把惊艳一世的情愫
流泻到云烟里
坠入湖面的不止是我
还有天空和雄鹰

花自开落，雪山依旧
行走湖畔的人
吟出时光里雪山映湖最美的意境

封存记忆的最深处

我还是想回头看看那个名叫莲的女子
涤尽凡尘浮华
以莲的高度驻留雪山，闲对湖月
静听风语

天空之镜

如果天空需要一面镜子
让天空如爱美之人一样梳洗打扮
那么这个地方
一定是在世界的高处

不想踩在镜子上，人却早已在镜子上
你说
有的人会照见自己
有的人还会照见自己的灵魂

通透的世界
你我都在天空的中心绚烂而美丽
像两只蝴蝶
舒展、骄傲、曼舞

你告诉我，每个人都在世界的中心
这里能发现最年轻最纯粹的自己
在澄澈中宁静，在宁静里阅读

在阅读中审视一切美的内涵

聆听吧
你能听到遥远的牧歌来自云朵下帐房边
你能听到很近的天籁源于草芽尖花朵上
你能听到温暖的话语穿过寂静落入心间

如果一袭白衣适合祈祷适合走向远方
那么一袭红裙上演一段红尘凄美之恋
一匹白马前
是孤独终老的你

湖边日出

追逐光影的人
在光与影的流转中静享时光
走过黎明，雪山残月里
朝着轻烟迷离的湖水，剪下
苍穹牧歌里的孤灯
和账房

一粒阳光落在湖面上，也落在
流水般的时光里
开启光影和绚丽夺目的流彩
你知道我会来
在湖光风月中
流淌多年

晨雾里光影流动
牧羊姑娘的脸慢慢绯红圆润
为你描眉画唇，为你歌舞
梦想的旅程里

不论日子变淡，底色泛黄
心中依然是风吹衣衫
白马飞跃

天镜日落

谁的妆容在镜中流动飘逸
谁的衣衫在云端披彩染霞
谁的牧歌流向迷烟
谁将拾起遗落的时光
谁会走过天镜赶上一程炫彩梦境
谁把思绪融入浴火重生的落日
谁将以水为镜
谁将以天地为背景
云寄流彩，雪山不语红尘
一次回首，将是千年风华依然
镜中人
这一世不枉做一次过客
笑语嫣然中，转身，遇见星空
忘记此生彼事
只做流彩里的一抹斑影

天空深处

忧伤的时候，是天空落泪
站在这一端
遥望另一端的自己

落泪的时候
你是否拾起窗前的一片月光
看到月光尽头的我

沿着这条铁轨
走下去
走向天空的深处

你咸咸的味道
是泪水
在我的唇际停留半生

一路走，一路轻吟
这份含蓄和深沉

和你一样苦涩

如若可以
乘坐隆隆而驶的列车
随你同行，与时光同老

夜空之镜

这一世做过多少次镜中人
坠入梦境的一刻，恍若在此停留多年

此生容颜渐老，往者不复
日子是关上又重启的门扉
我，亦如一粒尘埃
却踩着月影的星空
聆听自己落花一样的心跳
等待抵达一种梦境

也许诗和远方近在咫尺或遥在天涯
而我在自己虚掩的门扉里仰望星空
被盐浸渍过的天地纯粹而厚重
和苍穹与星月的无语对视
触到心底的是一盏心灯

总在追寻秘境，总在漫步云端，总在打磨时光
时光留下沧海沧田里的境遇

生命的过往，是在填补谁的孤寂
置身天地一角
游历镜子里的自己
远处夜色中渐渐隐去的歌舞只留星火
你我的到来、离去都是上演过的永远

六月的茶卡仍带着寒意，冷峻而亲切
一雁过往，便知春秋

第四辑·烟火味

金书肉卷

入味的将是一河的涛声，草原和战鼓
烛光剪辑所有的光影，成色，塑形

金色的麦子把麦浪翻滚成历史的册页
它不属于那个朝代
也不需要篡改或修正
只需要在火上炙烤，又把金书
装册，归位

为我们献身的世界温情至极，像烛火
燃烧时光，消受并存的疼痛和快感

火山降雪

抵消对方的温度
锤炼共塑的高度
火，终将温情脉脉于雪
雪，终将泪流满面于火

是的，我们终将相忘于江湖
面对一场修行，把自己
全部交付给对方
成全自己

荷塘月色

白玉盘里的绿植举着风荷
把秋天铺开
守住清静，大片的补白里
穿行，一舟
一人

此刻，我们在光和热里
拥有清风明月和鸟鸣

青龙卧雪

磁盘是白的，女人的衣裙也是白的
她的诗意绝非是一场雪
她那么干净

白玉盘上，那色道
纯粹极了
在这里
所有的味蕾简单如水

此刻
所有的水墨烟云
都在诠释自己的使命

鱼戏莲叶

谁把一弯月揽在怀里
谁自得其乐悠然自居
涟漪起烟云
香气逐风雨
随手打捞清水里游曳的往事
守住湖月，品得山水
做一回摆渡人
拼接今生最忘我的表白
撕裂云烟
只留清欢

柳映春雪

她将黄昏装帧精美，装入画册
又从册页里端出小葱，细细研碎
绿杨垂丝
一场雪下的恰到好处

她分明多放了一点酱
简单真味里
把日子调得浓情一些

珠落玉盘

她说的秋天浓情
松涛入味，玉米入盘
天籁从指掌间滑落
春江花月夜又有谁

金珠落玉盘
纤手扶金月，诉衷情
谁知风
携谁的手自远方来

她轻轻关上窗户
写一封信，给自己
窗外，瓜熟蒂落
远山落雪

月洒花庭

就像书生
适合邂逅一场爱情
后花园里
只许放月光进来

可是，她将梳理她的番茄枝蔓
搭建鸡棚捡拾鸡蛋
在人间烟火里
慢渡金色岁月

老豆腐

一场盛宴的杯盘里
山河入眼，月亮入怀
可是，我还得听风
听风里二牛耕地时随性的吆喝
听花开花落、云来雨去
一粒粒种子沿着时光，穿过漫长的季节
金灿灿地扑进秋天
这一程使命
将在人间烟火的盛宴里终结

烤狗鱼

我们等待太阳宰杀放在草帽上的十二条狗鱼
我的心在承受它们在一张一翕中逐渐失去生命的疼痛

他剖开鱼肚时我不忍直视血腥偷偷转过脸
在煎熬中我听到自己的心跳如一面大鼓“咚咚”作响

看他洗净，看他撒过盐，看他在火上烤出美味
火把燃起，云烟伴随着我们抵达黄昏之后的寂静

麦仁饭

麦子熟了
一只碗里盛下春风、夏雨
和曲曲、青蛙、布谷鸟的和鸣声
那画里
该是父亲二牛犁地的清晨
太阳从远山升起

那一碗麦仁饭
是土地是山川是星河
是母亲是烟火
是多少年梦里的家园
是清水湾
是干净的大地
是风吹麦浪中你我胸膛里的味道

在一粒麦仁里懂得深爱这个世界
爱他的朴实无华
爱他自然的使命里奉献的一切
爱他铺开的时间和空间
爱他书写的一生

铜火锅

将那山水入味
将那风雨入味
将那麦地和果蔬入味
将那阳光入味，让亲情和心中的爱入味
我们的火，熬过苦难，燃烧过梦想
土炕上围坐的亲人
在人世间品尝这一切
在二十四节气里找到忙碌的自己
那样子幸福极了

杂粮饼

那焦糖裹着青稞面、一层芝麻
和又一层面末粒儿

女主人递上白玉盘
上面盛着正在生长的甘蔗青稞胡麻麦子
和无尽的原野

线辣椒

最柔软的心结是在谷雨之后
沉寂很久的爱
来的热烈
黑土地上集结了无数生命
开始自己的使命
一望无际的绿催生出无数小花
在风中涂抹脂粉，招蜂引蝶
储集养分，把收获指向八月的金色
滚烫而又热烈地
贴近大地

第五辑·摆渡人

摆渡人

摆渡人拉低了帽檐，一场雨
就要下来了
他要赶在一场风前，渡向彼岸
他在等一个人

水湾的涛声低低地压过来，又回转而去
那鸟儿来回穿梭在雨中，在汪洋里
俯冲，奋起，向远
他还没有来

夜幕扯下来
他像摆渡人放飞的鸟，云雨路上却不见踪影
他得等
一声吆喝里起程

父亲

一条时间的河流里
他点灯，他洗浴，他祈福
他泪流满面，在一段祷词之后
渴望走完这一生
生命的旅程

他也曾种地，喂牛羊，帮儿女们带孩子
和老人们拉家常
很多时候，他像一个高贵的仆人
点亮黎明前的
第一盏灯

落单的日子

整个早晨
看水珠从屋檐一滴一滴地落
沉浸在你琴弦里的苍凉中
你的指尖触痛了我

此刻，我更能理解一只落单的雁
徘徊在无法抵达的路上
悉心整理自己
所有的悲欢

牛耕岁月

牛耕
举镰

吃饭睡觉以及死亡的空间
粮食的肢体吱吱呀呀地舒展开来

历史的长河中，也只有牛耕
从古走来，犁完岁月

塔城伊蔓树的主人

我们终将沿着十月
回到塔城

伊蔓树，我凭着童话一样的描述
回到城堡里，见到城堡的主人
她叫洋婆婆
一个从梦里从童话里走出来的人
一个美得不能再美的人
一个爱塔城爱伊蔓树的人

我的笔尖流淌着你最初的印象
你是万马奔腾中遥遥领先的那一匹骏马
你是众多美人中脱颖而出的那一位舞者
这群像在十月的舞台美好而温暖
你是多么亲切、美好

伊蔓树的清香漫过大江南北
我将沿着丝绸之路的驼队
走进塔城故事
去见王子和公主

归

一场风寒里她更孤独
不仅要考虑生和死，还得在尘世
思念一个人
在她没有绝望之前，瞬间的幻影里携手
他们从少年走到天幕的边际
越来越小
一点点消失

月色音乐厅

三里屯有我就保守了很多，就如我
俯身看各色的鱼，它们
在透明的空间里
只顾寻欢、作乐

也可以做一些其他事
听清流鸟鸣，入山林
看花开
亦可在邻家小院独酌

此刻
楼外楼的月，看着我
欲言又止
在那鼓点上，熟谙我的人
在千里之外

古城内外

我不看她的眼睛
我不看她的唇
我只听她那一江的水流过视野

然后被她指引。轻叩古城的门，走进去
回头，听她嘱咐一句
却已轻轻关上门

落霞烟尘，古城厚如史册
长河里，秋更深
我喜欢这样的寂静给我的温暖

窗外

总得陪着自己
总得守着视线里你的苍茫
总得把新人旧事翻来覆去地想
总得把笔尖抖落的声响放入心底再听
总得把花落雁归的意境打个结
总得把南山的雪拍飞听冰河撕裂的痛
总得在无数次别离中转身
然后
这世界刹那成空
我，将在茫茫大地上，行走，追寻
在一束光里
终其一生

老兄

在十里堡地铁口等我的人
热情地接过我手里西北的风雪

我们搭肩问起一些人
感叹，大笑
之后
给我悉心拆解老北京城
天空够蓝
我喜欢他不会拐弯的实诚
一字一句都是京腔里的老北京

他和我一样普通。和我一样
爱着该爱的过去、现在和未来

胡同深处

走进老北京的京腔里
打转，遛弯
圆润而亲切

两位老人支好桌子，和我们一起涮羊肉
八十岁对他们只是一串符号
从胡同住到高楼，见到的天空远了

我们从出生说到墓地
又回到大西北的雪山和盐湖
最后谈起牛街的月亮

该起身离开了，老奶奶抓住我的手
一句话从耳边灌入心底
常过来啊，这也是你们的家

定格的笑容
像老家门口无数次转身时的画面
从不褪色

那水山都是你的背景

在我到不了的尼洋河畔
在我看不到的桃花三月
在我爬不上去的高山云雾
……
我静静地想
所有的水山都只是
你的背景

我是在寻找一面镜子
照出时间长河里那些文字
和那些快乐
可你依然羞涩
在我难以描绘的境界里
干净极了

第六辑·归隐客

渡口归人

我喜欢极了那水墨画里渡口的意境
此刻，他在渡船上
拾起一片黄昏的霞光
装进衣兜

他把卖土豆的钱数了数
抚摸买给妻子的一块小镜子
又把给小儿女的小物件
一件件理了一遍
他从倒映在水里的山头上
看到自己的家
和站在土坡上
等待自己回来的三个孩子
他们
看他行走
看他渡河
看他上山坡
看他走进村庄

看他融入炊烟升起的黄昏
看他的灯火和自己一起融入夜色
……
世界只剩一个人的时候
可以想想自己的事
干净的底色里
铺开的人生像一条河流
也像一棵树

一树杏花在屋檐
倾尽全力
像极了渡口归人
怒放的生命

云上村庄

童话般的村庄
在黄昏的云烟中缓缓流动
有人在哭泣，这悠远的悲伤啊
墓园安静极了

月亮爬上来
村庄在流动，那一片林子也在流动
那几只牛羊走着走着
消失在村口

怀念一个人
抵达你的内心深处的痛
让他素净如月
让你澄澈似水

云烟漫过月下凝重的心境
悲欢生死一幕幕重演
你在一段诗词里
泪流不止

羌笛

女人煮茶的远景里
那是一条悠长的河流
男人的马鞭
甩进每个人的心里时
羌笛把大漠和秋寒吹进耳膜
归雁把苍茫留给视野
……
那笛声
从天空滑落
婉转地轻柔地在草木间穿梭
水流指尖
鸟鸣草野
花开心上

灯塔

那属于眼睛和心灵的恩赐啊
那属于万物和人类的幸福啊
如果我再次写到死亡
请不要介意我的卑微和单薄
我描绘的天空疏朗
我书写的季节饱满
我终将在孤灯幽暗的夜
带着温度
穿越人世间的河流

漂流瓶

让你容下半弯月
让你容下山长水远之后
容下情弦里的思念之歌
然后
让你漂洋过海
在月下
抵达彼岸

与君书

我将难以挽回这残缺的人生
这个秋天，我忘记了你眼中的我
一个人活在自己的世界里
卑微到只剩一盏灯、一本书、一支笔
却一点点失去自由和灵性

你那里已经下雪了
我这里只有星星点点的雨，像我偶尔无助的泪
其实，我并没有落难
只是感觉在荒原行走
我，自饮苦水

我不敢把美好示人，不敢把愁苦诉说
我隐藏自己
这个秋天无疑给我无数欢乐和悲伤
我爱自己
也爱你

就要下雪了
黄河湾的风里依然挂着红辣椒
清水河结冰了
我的山水家园和生命图册壮美至极
那些炊烟里的积石川怀抱着你我这半生
亲切而温暖

十月过去了
这些许的悲凉里有我们过往的记忆
一盏灯下，我看不到月落日升
只感觉笔尖的光
灼伤双眼

我已不是我当初的自己，和你一样
我爱你的一切
就如你期待的我：坚韧向善
读懂自己，读懂一束光里
赐予的幸福

七夕

在一场皮影戏里看到正在渡河的自己
赶往夕阳的深处
那夜晚适合重温往事
适合执手
适合泪眼朦胧
适合再写誓言
适合把褶皱的岁月抚平
在对方的影子里寻找自己
一生的感恩用一生来读
在一束光里重生
然后在风雨里书写草木烟火
以及诗和远方

七夕后记

繁花落尽，秋更深了
他在路的尽头
还得渡河

轻吟清风落日，水山云雨
歌罢琴起
红袖舞月

她不再回头，隐于红尘
听得落花声
忘却流水路

该落幕了
人世间的秋黯然失色
还得在一场疼痛中走向未来的雪

归隐客

清水湾诗笺里天气开始变凉
在叶落之前把门窗关上

你的河流穿过我的心湖
打开经典，你的声音如花瓣一样滑落

头枕乡愁里的山河
你的手牵着我，回归路上又开始成长

心灯

守护那盏灯的人走了
只留苍白和冷
时间是黑白的河流
一场送别里自知冷暖
后来
不止一个人说起
剜在我心口的那把刀
是我自己

老男孩

我回头看的时候
你在夕阳中牵着自己的影子

那温暖的一刻
带着从脚下一直到远方虚无的浪漫
你直呼我的名字
即便我穷困潦倒目光呆滞
你的目光里却写满惊喜

你伸手拉我
邀我追一只远去的蝴蝶

童话里的梯子

想爬上去，用手摘下月亮
放在高高的麦剁上

和伙伴们吃完麦豆
一个个爬到草垛上

月亮好远啊
把我们的梦挂在她甜甜的微笑里

可是我们还是希望架起一个长长的梯子
爬上去，摸摸月亮的脸

云上的孩子

来塘山在云上
村庄依在山的臂腕里
几户人家得尽天赐之美
此刻，属于大山的孩子指引我
上山，入云

看山
看山花
看山花的姐妹
看山花的姐妹出嫁
就这样，在云上，可以放自己进去
打开村庄的白天和黑夜
在每一丝光亮里
可以忘记人世间的忧愁

一壶茶煮出村庄旧时的味道
蓝天白云、清泉松林都在其中
青稞、小麦带着山风鸟鸣

在山花丛中
可以让牧歌滑过一曲旋律中的爱情
将他们的故事
重演一遍

下山了，他携山风和花香
追随我们
一路烟尘里
我称呼他是云上的孩子
素净如雪
而此程
从未停止

在他如水的文字里藏着干净的自己
让我看清一个世界里极美的境界
他在云上
我在凡尘

第七辑·画中行

宽窄巷子

比我来得早的，是春风
她把不知名的古树染绿，又让梅花开在墙角
青石板上光影流动：你不是过客，你是归人
踏春而去，牧秋而归

时间如宽阔的河流又如窄窄的细缝
把生命的内涵定格在某一刻细细咀嚼
在来来往往的人流中回头，却也奢望
那一轮升起在老家屋顶的圆月

那些店铺渲染天府古韵招揽顾客
只是少了脱尽凡俗的女子，弹奏筝曲
我和那些人一样贪婪，来不及细细品味街头巷尾
却分分秒秒按下快门，留下时光的影子

时间从宽巷子溜到窄巷子又折返
刚好立春，花开一隅，也得满巷春
我该记住这美好：街头艺人一曲之后
正在整理自己的春天

青岩古镇

踩着青石板
走进明清宫苑
和小镇的人们一起
凿木雕花，种地筑防

张开双臂，拥抱走进你的每个人
把古韵里的风雨连缀成音画
让我记住飞角重檐，楼阁画栋雕梁
在石巷流动的时光里重温青岩旧时岁月

叩开那一扇门那一扇窗
亦从黛瓦青苔微雨里唤醒诗意
我知道你等候我很多年，独自一个人
轻轻地来，也悄悄地离开

在锦里古街，寄一份锦书给你

走进石板路，抚摸雕花木板门
在锦里古街
想寄一封锦书
给你

俯身弄笔墨
把刺绣里的春天寄给你
把南丝绸之路上的牛拉马驮的印象寄给你
把蜀相遗徽结义桃园的故事寄给你
把阿斗井、万里子桥的风寄给你
把糖画、剪纸、皮影戏以及张飞牛肉寄给你
把街巷水岸、丝绸灯影寄给你
把古街的休闲优雅寄给你
把最好的我寄给你
……
灯火里，人烟消散，锦砚和为泪
让我做一回锦官人
览蜀汉风韵千年沧桑

阅古道诗画锦绣书册
水波声里起云烟，爱恨生死皆风雅
锦书已寄难入梦，灯火阑珊邀月来

一个人的戏台
一头搭在这头，一头搭在故乡
……

千户苗寨

如阅读一个神话
聆听古歌中一个民族的美丽前生繁华今世

我想看看文字里描述的吊脚楼的主人
寨子里古老街巷被你打磨的圆润厚重

那一刻，和一生绣花的女子，牵着彼此的手
在风雨桥上闻着花香唱着情歌任时光流淌

忘了时间的流逝，翩然而去迎面而来是日落月升
接纳生与死的地方更淳朴更厚重更古老

一个人的西江一个人的苗寨一个人的天涯
一个人看尽你的美丽你的繁华你的神秘

你看到我醉在芦笙和铜鼓里忘了彼此
在诗和远方的境界里一生倾心一生回味

且走吧，无数意境里憧憬、相遇、离别
一个人的远方，走不出这一程风土人情里最美的情韵

祈年殿

那一片平原上
秋天，古铜色的斜阳里
一棵树苍老

想象一个画面：祭天，祈福
之后，一个老臣提着灯笼
关上最后一道门

世间物象褪去
此刻，想说出自己
竟无语这天圆地方

接纳灵魂的天地间
只剩自己
和一把钥匙

你我都是一纸水墨里的归人

那年待月西厢无忧，念桃花香
那时英俊潇洒无虑，看鸿雁归
一时漫漫路，终回转

此刻，谁为我掌灯
谁和我高歌

回首忆往昔，动容语哽咽
长歌一曲世俗远
挥手一别肝肠断

在你的掌心
看上苍遗落的明珠
在塞外的风里
你我都是一纸水墨里的归人

雨中邂逅清河坊

风穿过御街，雨就来了
那雨点落在青砖灰瓦、落在飞檐上
又一滴滴滑落，开花

心却如虚掩的门
被宋朝的风一点点
打开

杭城吴山烟雨中
湖山得自然
烟火尽风流

听风语，赏落雨
吟烟霞杨柳之诗
看一街流动的山河古韵

清河坊太深，却也得一半静一半喧嚣
一伸手，便可触摸那些

雕花门窗里烟火的温度

雨帘里回头，一双眼正审视我
我像一张透明的纸，被雨点
一捅就破

后来的我们

——2018 杭州遇雨观电影有感

一场雨下在清河坊，你我躲进
御街缩影里的楼台
听雨

八百里湖山，十万家烟火
听徐渭歌吟
迷蒙的视线里，其韵尽在雨中漫延

撑着伞，走进黄昏
此时，谁把过往的叹息
写进电影的碎片里

和他们一起错过半生
回味半生，遗憾一世
你的泪停留在寂静中

和电影里的主角一样

在青春的誓言里不能自拔
……除非，梦醒

时间把你我推出舞台
谁还在哽咽？谁转身拭去泪痕
他们走了，我们也得走

雨中，黄昏的列车一路向西
驶向大西北的黄土地
驶向后来的我们

用一朵雪莲疗伤

你送一朵雪莲给我
在八月可以疗伤，可以写一朵
雪莲的诗
可以把玉树草原的烟火描画成最美的梦境
可以把卓玛的羊群赶进大海一样的蓝色天空
然后，静静地想
一个草原汉子的过去、现在和未来
以及融化在冰雪里
再也无法触及的匆匆往事

草原

云朵触到我身体的时候
雨就下来了

想和我结伴的秃鹫
晃动身子朝我奔来
而我，正在打探一朵格桑花的心事
雨点一滴滴落入盛开的心池

一阵风紧，起身便逃
逃往草原的最深处，无法回头

玉树

一路草原，一路云海
一路被放牧的我一路寻找
让心宁静的去处

风吹，八月寂静
雨露滚落草尖
金银花开在牧歌里
让我想起你，把弯月挂在你的窗前
你起身便看到八月海洋里孤独的我

我该点燃烛火
走向你，挨着你坐下
聆听英雄史诗里的马蹄声
和远去的风语

炊烟里，你静静地看着我到来
静静地看着我
那神情像那八月的黄昏般迷离而荒芜

一颗无处安放的心浪迹天涯
抑或逐风捕影

关于一场离别的相逢里
我触及不到你心灵深处的静
骚动不安的世界里浮躁地表白自己的光彩迷人
我知道，在我到来之前
你已关闭了心窗

在那遥远的地方

去远方，金银滩草原
此时铺满一朵朵金色银色花朵

一曲弦歌起，三五群黑白牛羊同时举首
风吹草低中，千万个粉白衣裙一起轻舞

几处炊烟下，是在那遥远的地方
牧鞭何时轻轻打在你身上

你可曾知道，我最美好的时光里
你热烈而纯粹，干净而美好

我愿和你一起，像那一朵朵金银花
盛开在离天最近的地方

玉珠峰下

看到玉珠峰，在她的影子里
看到我自己的荒芜
那些草没来得及抬头
便苍翠至老

在云层底下
放眼看一朵雪莲的我
却看到自己
瞬间开落

等我回头
另一个我，在地平线
牧秋
西归

世界的最高处

一条河流涌向天的尽头
一道山脉伸入云的顶端
穿越这片苍茫之后
一伸手就能触摸你的全部

活在诗境里的生命
复活在世界的高处
藏羚羊野牦牛的自由世界
亦如我清水河畔宁静美丽的家园

天路，在脚下延伸直抵云端
此刻
谁在远方等待你我
如期归来

摘一朵云给你

在西去的路上
最近的是你最远也是你
草原是你天空是你
白云是你雪山是你
那一朵莲也是你
我，安静而孤独地穿越这片荒漠
却无法穿越你的世界

此刻，再没有比想你更好的事情
此刻，也最好摘一朵云送给你
用无边的蓝色背景
把你我的家园书写在一纸思绪里
指尖滑落最美的天籁
你的低语
穿过我的心湖

春天从古镇开始

1

在青岩古镇，把自己融进岁月流动的长河
看时间的影子
品人世间的香醇

2

你打开门：给我乌瓦青石，雨荫青苔
说着飞角重檐朱漆雕花里的晨昏
和你走进明清街巷，走进时光的一头

3

你的半亩方塘边，已是一街新雨
梅花半开时，如女子
低眉抚琴

4

静听小镇落雨
你在街巷的深处开落
等我轻轻地来

5

人潮涌动间寻觅、徘徊

蓦然回首

你早已描眉画唇，凝眸远望

6

春天从古镇开始

立春的细雨里

听你诉说，青岩旧月

水心榭

走上石桥的时候
瞬间触摸到了更多的蓝
时间承载的美，沿着水心
沿着流水，沿着斑驳的文字
滑到我心里

那一片荷叶在水里说尽秋天
高高立着，或深埋其头
我想到我自己
我是岸边低头想心事的那一支绿叶
驻守秋天

我看着地名发呆
给我陌生的厚重和无限遐想的碑文
指引我沿着模糊而残缺的字迹
走进承德，走进一个朝代之后
便忘了自己

一个人的黄果树瀑布

1

一程水又一程山
慢慢走向谷底
漫长的等待之后，青山绿水
铺开蓝宝石绿翡翠

2

平缓的河床轻声招呼，示意我前行
林木高深，水清山幽
声声鸟鸣中
用心拍下所有的美丽

3

一步步走近，那山却不能释怀
不肯把瀑布的美丽示人
拐角处，你告诉我
正在飞流直下

4

在我转身的那一刻

失声而叹：啊！瀑布

一帘飞瀑忽惊魂，惊涛骇浪落万丈

巨龙俯首长饮水，从此贪饮不起身

5

千万条水线垂下

千万个水珠飞起

这一刻

我是你脚下的一个墨点

一声声把我击碎

一点点把我雾化

6

静坐岩壁

听瀑，听风

听时间滑过水流滑过心底

虚化的境界里抵达遥远的虚空

7

水帘洞已无烟火

人间仙景演绎在云烟梦幻中
世界静了
只剩自己

8

一个人的远方自由
一个人的天涯诗意
让心长久在此栖居
一个人的黄果树
一个人的瀑布

9

你咆哮奔涌，依旧是不变的你
飞泻而下
我挥手致意，依然是匆匆的我
踏上归途

10

你的视野里留下我匆匆的脚步
你的美丽中滑过我咏叹的时光
云雨几度路漫漫
水山一程是天涯

第八辑 · 短歌记

在他乡

今夜，我把最美的文字连同自己
寄给黄河岸边的家园，寄给我的村庄
故乡已经下雪了

写一行，抹掉一行的思念
隔着灯火，抵达
灵魂安息之地

会友记

你带来的风雪源自黄河古道口
篝火在晚饭后点燃
月亮升起在涛声里
此刻
只适合唱歌、叙旧
我们终将从少年的村口出发
从天上黄河，从浪尖，从云端
捡拾笑声里起伏的征途
说给对方
又一路带着记忆里的沧桑
归来

在路上，我非过客

这是一件多么悲伤的事
我们终将抵达不愿抵达的终点
可是，我还爱着这里
这无穷无尽的河流之上
我不是过客
那些民族的脊梁
给我的血脉植入了无法预知的养分
让我在西部高原的山川里
流淌成一条河流
我终将不属于我自己
请原谅，我只是一个逐梦人
在我心里流淌多年的河流
终将在我胸口凝结成汪洋
一把江湖的利刃劈开豁口
贴在我心口的
将是一部史诗

药

我病得不轻
我用千里之外的故乡的雪
治愈自己

故乡是那么远
也那么近

名字

你的名字和你的一生一样长
和你一样重
被一个名字护佑的灵魂
澄澈的
像瞳孔里的天使

亲人

你是我眼睛里的全部
此生
一半在盛开
另一半在结果

雪夜

我触到的冷是千山暮雪
轻声问自己
高处的冷

心里的天籁之音，滑过昆仑山的雪
流淌在江河穿过西部高原
抵达一盏灯影下

等我的人
夜夜守着炉火
绣一朵梅花

京城幕布

我将一生的疲惫放入黄昏
又做一回异乡人
把黄河之岸的烟火，融进城市的背景里
亲切，却也迷茫

把清水湾和村庄作为幕布
挂在京城落日之后的夜色里
在如花开落的灯火中
大声念出故乡的名字

月色里虚拟自己的世界
把家园安置在一个恰当的词语里
让陌生消失，回归自然
让灵魂在纯净的文字里复活

离别辞

我听到你祈祷的声音
划过黎明的黑暗，一声叹息里
泪珠滑落

予他平安吧
宽恕他，予他清廉美好
指引他，予他天堂钥匙
……
整个早晨
我们沉默不语
你把我的衣物一层层叠好
装进箱子，交给我时，脸色忧郁

亲爱的
我不是赴死之人
请原谅我
出走的那些时日

乡愁

你的眼里铺满秋色
一程山向东，一程水向西

我，捡起你瞳孔里的忧伤
把思念揉碎

在回不去的路上
你早已习惯了孤独

她的远方

阿丽玛一样的女人
噙着泪水替我拉开门
看我走出家门
看我下楼梯
看我挥手
看我消失在巷口

那一瞬间
她的世界只剩一个人
在泪光里沿着痛向远
看我行走的荒原
她的远方
装着我的另一个世界

秋

在巷子尽头回头向你挥手的时候
你的雨点又一次落在我这一程秋色里
亲爱的
我无法走出你绵绵细雨里的视野
那一扇窗户里我是你唯一的风景

微雨里

雨点落在水面，几朵莲花静美至极
我的影子在水里悠悠地
一闪一闪地晃
此刻，我打开我的诗笺
我的文字喂养着几条小鱼
陪你早晚戏水

在你身后

讲故事的人走了
却把我留在故事里

沿着土路石头墙走进一道门
走进你曾邂逅的爱情
月光照进来了，连同那些往事

沿着悲伤的河流
不忍直视月亮背后那张纯洁的脸

点灯的人落泪了
那双眼
像黑夜一样忧郁

烟雨楼

触摸你名字的时候
我已无法抵达你烟雨里的诗意
看烟看雨的人
即便无风
也生出一份悲喜
吟几句长吁短叹，恰如其分地想
哪一个是我？欢喜至极
哪一个像我？疲惫至极
那探询我来路的人
沿着黄河走进篱笆楼
望一眼群山里跌落的夕阳
然后和我一起融入暮色
那楼——
渐入无风的梦境

十月短歌

在更多的时间里，在歌唱之前
我更愿意选择沉默
以一种静表达自己

或以聆听
把自己带入你的河流
以一块石头的静表达自己

桐雨

草木烟火里走出来
涤尽纤尘

只想听你说说
我曾经历过的风雨桥边的那些文字
那虚幻的世界里
唯有你捧一颗凡心
递过微笑

他们都不存在
我必须珍爱这人间的人们

问安

十月将尽，在第一场雪到来之前
我们需要备好过冬的柴草
柿子树上只挂着红果
风从枝间穿过，打在脸上
我们都不觉得冷
在林间等树叶落尽

长城上

山野黄了几分
鹰把视线引入天际
沿着台阶走上去
走进久远

我拨通了爱人的电话
她病了，呼吸微弱
我把想说的都忘了，把长城也忘了
世界只剩她，孤身一人

城墙下

很多人把名字刻在青砖上
阳光、风云抚摸它们
我仔细辨识拿着刻刀的人
那样深爱着自己和人世

我无数次聆听自己的真言
给灵魂如实说出自己
我只来一次，这孤独的人间
生和死都是一条不息的河流

山歌

盘山路在云层中，青草铺满山头
在离天最近的地方放歌

此刻，一川花儿滚下山坡
在那一端的崖豁里翻滚

尕妹子听到心底里
在山花花的香里羞红了脸

蒲公英在山坡的最高处打情骂俏
雨点落在湿漉漉的心上

秋水长

一场雨后，天空更低
清水河从云端流出
相聚唐述，景熙园留笑
日子泛黄时秋水更冷更悠长
我们热泪盈眶的时候
总是唤醒一个地名之后
所有的记忆

第九辑·掌灯人

掌灯人

1

在一场秋雨后
我能想像你温润的模样
就如八月的油菜花填满所有的虚空

掌灯人早已起程，远行
身影拉长，拉长成一座灯塔
身后便是一群人
满是书香气韵

2

这些许的微凉触及一些隐痛
雨就这样下来了

你却说起积石川、撒拉乡
说起黄河浪尖的筏子客
说起八百年来的风雨里
那条生生不息的河流

你说要走了，便轻轻地关上门
关上了窗户
一个人却把心留在这里

3

盖碗茶总留着温度
围炉而坐
嘘寒问暖的画境里
回首
低头
千山落雪，执手泪落
我想抄写一段你的文字
带上它，一起上路，行走在荒原

4

说起你熟悉的故人，温暖
谈到你走过的地名，亲切
我还是一个
陌生人

在离你不远的黄河岸边
献上一段颂词

5

一个感恩的民族群体记忆里
不论过去还是现在，读懂彼此
你读懂了一个民族
读懂了他们骨子里最美好的理想
读懂了他们内心的感恩和精神世界里的真善美
以及不忘初心的家国情怀
你爱他们，更爱他们的家园和热爱生活的精神

6

风搅动秋天的色彩
我们在远方
带着不同的心事说出心中的悲伤
那一刻，围坐月下，在黄河岸边
听掌灯人
说脚下的涛声

人生归途

归

苍老的人在草木烟火中归来
把牧童和杏花村再一次拉进三月之后
枕山川入眠
念天地无声

途

他的归途中
千万次祈祷里不单单是他的儿女
还有世人，一次次
穿越他的胸膛

渡

从心底流出的河流里渡自己
每一个渡口的风里都有开花的树
深爱他的人，在黑夜
为他点燃一盏灯

爱

他落泪的时候，天色已晚
他的心里装不下整个世界
他的心里只够装一个人、一条河流
和一把天堂的钥匙

那年春天，我们这一家子

我

在春天没有来临之前
死亡叩击生命之门

雪痕里的少年早已策马骑行
谁知道他在另一场雪里发须染白

打开时光的缝隙泪流满面
诵读那被放逐的每个人心里沉寂的部分

我是孤行者，幽灵的手叩击我
和他们一样，负重而行

儿子

他的世界沿着文字行走
在春天的枝丫上画出自己

他的大世界充满悲情

他牵挂着疫区的同学

他从武汉、从疫情、从数据、从图片
慢慢理解疼痛和死亡

他从医生、从警察、从小区的值守人员
开始理解这个世界存在的意义

他在十三岁
学会了牵挂和悲悯

女儿

这个春天
她总记着给我掸去身上的尘土
忙着测体温
惦记着给我洗好用久了的棉布口罩
然后倒一杯水
不忘看我沉寂地坐下去
手捧一束光
悉心整理自己的季节

妻

妻说
起初，谁都不曾留意
只是觉得再正常不过
谁知道
它却如飓风，如闪电
撕开的正是你我的胸膛

就这样，读着这个时节
我记得嫁给我的春天
满地泥土和清香

父亲

在病魔面前
父亲变得更加温和、谦逊
他说：我们是等待者

父亲的祷词
从黎明的缝隙里传来
从自己到儿女，从亲戚到好友
从个体到人类
从祖先到世间的每一个人

从黑夜到白天
从花开到花落
那充满爱的祈祷
化解世间
所有的疼痛和不幸

那一刻
我从父亲的影子里
看到了祖先的模样

母亲

和父亲一样
把爱流淌在儿孙中间
不能出外的日子
她自己却承受孤独

炊烟升起的地方
是最温暖的家
母亲极简的嘱咐温暖至极
门在手边，绝不踏出一步
她的白天属于儿女
她的夜晚也属于儿女

在路上，和你有关的思绪

1

在火车上，读啄木的诗
回到很久以前
画出沙滩、水湾、村庄和月
以及和你我点燃的烛光晚餐
可是，滞留一处很难啊
转瞬即逝的碎片里无法预见未来
那就把握自己前进的方向吧

2

读吧，读吧
那跳跃的短句，却问你
为什么喜欢一个人
为什么参加一个葬礼
你说——
最终会埋在一起吧
那院子一直开着

3

伤心了，那绵延的大地啊
赶赴忠孝节
想到秋雨的夜晚
父亲在灯影里祈祷
母亲在灯影里
聆听

4

一切就绪，只等你到来
听筒那边围着三个人
窗外一处水泽
淹没了路基
火车晚点
不知名的小站上
滞留很久

5

烦躁啊，烦躁
等着天黑
等着熄灯
等着睡觉

等着醒来
等着太阳升起
哦，阳光
美丽的阳光

6

风景流动
近了，八百里秦川
近了，陇南，兰州
近了，绵延的积石山
近了，我的黄河我的家园
近了，那盖碗茶里的秋色夜晚

7

这一场旅行如一幅水墨画
行云流水间，处处留白
在未知的未来
翻越那一座山
却难以超越自己
等待自己一天天的幸福
时光却在记忆里迅速泛黄

8

秋风啊，秋风
谁是谁
描绘的世界
落叶啊，落叶
落到谁的窗前
灯下
打开另一个世界

9

思念是你给我的美好
哦，明天要过节了
再见，二十六岁的诗人
再见，留在故事里的你
我到家了
该喝杯茶讲讲旅程了
只有一个人能听明白
晚安

走进林芝

1

我打开的另一扇窗户里
是石头墙
是麦地
是牦牛
是怀抱孩子的阿玛拉
我回头的瞬间画境
像极了我的家园
我慈祥的母亲

2

从阿朵家出来后
感觉远山刹那间绿了
彩虹驾在尼洋河两岸时
金灿灿的雨
淋在我湿润的眼中
一片灿然

3

向着一个美好的名字进发
再远的距离都不再遥远
再远的路途都不再疲惫
哦，我的父老乡亲们
和那些扎根于此
生养于此的人们
高大无比

4

一条河流滋养的小镇
她的春是待嫁的姑娘
在夏日河畔画眉
在秋日的麦香里梳妆打扮
然后
等你，给她披上
婚纱

5

其实，我追寻你的足迹
说一声祝福
我沿着那条路

拾取你脚下花开时的
一路芳香

6

在沉寂的夜晚
我问自己无数个问题
我答自己无数个理由
和我血脉相连人啊
你跋涉的高度
待我用一生去书写

7

再远的路上
都有你的守护和问候
再难的征途
都有你期许的目光
我在拉萨、在林芝
逃过众人的关注
却逃不过你轻轻一句
问候里的温度

8

我到了，你也到了
一饮盖碗茶
一曲望乡情
浓香里的风土像一缕光
诗意中的人情如一弯月
入眼入心的时候
只有一句：兄弟
你要去的地方再远
我的视线里有你
永远向阳

9

那一段路上风雨兼程
那一段路上记史铭恩
那一段路上诗情画意
那一段路上活着真好
其实，那一段路上
说你的话语最多
写你的文字都带着灵魂

10

我追寻不到的足迹
在夜里沉寂
还是等你回来吧
我想听听域上的风
吹过积石山的棱角
这尼洋河
像极了清水河的魂

11

说再见的时候有些悲伤
我将会看一眼薄雾里含情脉脉的你
这一程将终结此刻的美好
我将无法回到这片父辈们撒下血汗的热土
那些生根发芽开花结果的信念在路上
尘埃落定之后
依然启人心扉

12

再远的路
都是回归的路

一个朝圣之徒
永远在回家的路上

高处的山南

1

从拉萨到波密
阅读一路山水一路云海
沿着先辈们在青藏线上的足迹前行
夜宿林芝时，山南近了
从远方赶来的你
为明天备好家乡的茶宴

2

谁不知他乡苦
谁不流思乡泪
谁把最美的文字
酝酿成云朵挂在湛蓝的天空
谁把最好的祝福
流淌成雅砻河汇聚成雅鲁藏布江的涛声
我听到了
此刻，我的心早已飞到
漫漫征途中有你的地方

3

一路蜿蜒一路相随的雅鲁藏布江
把最美的景以她持久的热情
给了一路前行的我们
迎来朝霞
送走晚霞
等我们的人
把行程问了一次又一次
把安全嘱咐了一遍又一遍
夜色里，行走在星空里
可以摘一朵星
握在掌心

4

夜深了
闯入寂静的街道
一路陪伴我们的阿辉
把泽当的山川河流街巷人文
铺在温柔的夜色里
哦，山南，山南
我们来了

5

抬头看看天
深邃眼眸里满含盛情
一条街的终点
莫名的感动
一声问候里
让人泪流满面
此刻
我想象天空和这一方水土的颜色
因为我们即将
夜宿蓝天，回归泽园

6

一声声问候
一句句祝福
把期待已久的行程终结在这动人的画面里
此刻
谁转身偷偷拭去泪痕
谁接过手中的行李
谁把相逢的喜悦反复说起
谁把茶香里的夜色点燃
谁把手抓羊肉菜肴瓜果摆上桌

谁把山水美景铺成故乡的味道
让我们的心
飘过万水千山
抵达骆驼泉边的家园
从先祖手中接过火把
行走在奥土斯山下

7

相聚山南
你我的青藏线充满了温暖
你说：我们是家乡人
我沉浸在你走过的路和爬过的山上
我触摸着你接触过的唐古拉山的雪和喜马拉雅的风
我想象着和你有关的人和事
我描画着你雪地里跋涉的画面
我书写着你手心里的汗水和这片摸爬滚打出来的天地
……哦
我的撒拉尔兄弟
在血和泪的拼搏中
在这里扎根
把这方水山当做自己的家
当作血脉相融的热土

8

这片西藏古文明的发源地上
流淌着滋润这片土地的河流
冈底斯山、唐古拉山以南的河谷温暖的怀抱里
抚慰我们心灵的蓝天白云
让一切归于宽广
和宁静

9

就是在这样的境地里
我们说起的是一群撒拉人
他们用驼马运送过货物，干过货运客运
他们修过青藏公路、挖过金子、开过饭馆
……
他们是为了一家老小过上幸福生活
而开着拖拉机翻越无人区的汉子
他们是为了开通青藏线
永远回不去的英雄
他们是在外打拼一辈子
牵挂家乡一辈子的思乡人

10

聆听你走过的沟沟坎坎山山水水

聆听你经历的风霜雨雪苦难里程

聆听你离家回家又离家回家的一年又一年

聆听你思念妻子儿女的欲哭无泪的日子

聆听你日益红火的生意随着时代在发展

聆听你资助过的一件件好事里成就的高度

聆听你跋涉千山万水之后回归的家园

……

11

为你朗诵一首诗的时候

拥入心底的河流撞击着过去和现在

哽咽在无声的告白里

笔尖流出的泪

流到心里

又流到脸上

男人们强忍眼泪的那一刻

无声的河流

流进你的心里

也流进我的心里

12

多少年来
祖辈们融入我们血液里的精神
铭刻在历史的河流中
他们是撒拉人
他们——
爱国爱家，崇尚生活
敢闯敢拼，诚信厚德

13

还有什么话能概括
你的精神品格所拥有的高度
在筑梦之路上
用心书写感恩和美好
让我们一起走
走向更加灿烂的明天

远方是一座城

在湖畔

往西去，经过日月山、倒淌河之后
我只想把人间的烟火点燃
做一回青海湖岸边
幸福的牧马人
让我，打开世界的一角，把心安顿好
在草木摇曳的天幕下
看自己，在路上
内心的
朝圣之途

这一日

一条河流从云端流出
在天地间，蜿蜒，流入我的心里

等我的人，在河畔
从日出等到日落

在山水的册页里，追赶太阳的我们
成为草原最美的一部分

牧马人甩出鞭子在耳根炸响
牛羊在夕阳下返回炊烟升起的地方

鹰在天际，黄河之水流向天边
走进黄昏，天幕垂下星星

远方

在湖岸，我像一朵落了又开的花
开在你的梦里，向阳而生
我的远方是一座城
一盏灯下是你全部的涛声

雨

这一场雨，下在车窗外
也下在心里

多年了。那首歌里孤独挥手的人
一直在行走，走不出那场雨

清水河

在清水河，我终究是天涯过客
那些最隐忍的山承载大河之魂
落霞将那牛羊送上云端
我在山河的一侧
打马归来

帐篷

雨点落下又溅起，透着光
很喜欢这份忧郁和一座沉寂的城

在人间，我能给你的
仅仅是手心里的温度

等候

千里之外的人，在落日里等的久了
在霞光里重又拾起乡愁
和另一条
流进心里的河流

小镇

一座属于河流的小镇

一座属于草原的城，用她的淳朴和直白
敞开她最温情的容颜

她把黄河交给我们，把草原交给我们
传递温度的手，把自己的一颗心
也交给我们

我仰望的城写满仁义和豁达
给我马匹，给我花朵，给我牛羊和草原
给我一个干净的底色里的天空，驻留心湖

黄昏

在河畔，和一朵花的对视
在风里，她的衣裙雪白
她的美刺伤我
之后便是半生流离

落花时节里的余生
如一个人的朝圣之路
悲情地
行走半生

告别

该启程了

除了祝福，我还能说什么

和一个人握手

和一座城道别

沿着河流

走向明天的太阳

升起的地方

天峻写意

1

走近你的时候
我卑微的样子像那不谙世事的孩子
低头、心跳、脸红
这样子可爱极了

2

你的帐篷在白云下
你的手牵着我的手进去作了你的贵客
你的桌子上摆满了美味珍品
你的笑容里装满了草原的美好

3

你把草原给了我
你把蓝天白云给了我
你把你自己的心给了我
你把骏马驰骋的远方给了我
你把布哈河畔的温情给了我

4

她拿出瓜子
她倒了奶茶
她递上青稞饼
她端出手抓羊肉
她递出草原所有的美食羞涩地笑着
她转身倒茶时说我读过你的诗和远方

5

你让我骑上骏马像疾风一样飞驰
你让我跳起锅庄像蝴蝶一样飞翔
你让我唱起牧歌像那牧羊的姑娘
你让我挥起牧鞭像那策马的少年
你让我描画的天峻美丽
你让我记下的草原诗意
哦，八月
美丽的天峻
来自一位撒拉汉子的一封邀约
在草原智阁鲁如
踏上他心中的天堂

6

哦，兄弟
美丽的天峻美丽草原
该走了
我用几行简单的文字
给草原牧歌献礼
让我用我的祝福
向这片草原致敬
向这片草原上幸福的人们致敬

7

离开你的时候
心里有些悲伤
你说我这样子可爱极了
眼里已经流出布哈河一样的泪水
走吧，走吧
可怎么也走不出
这片装在心里的美丽草原

这样耗着的日子

1
青海下雪了，北京是晴天
我在季节深处等待另一个自己
我等莫言、等北岛、等西川，等更多的人
有些人，等到了
还有一些人，一辈子都等不到
在属于他们的讲坛上
我是一名虔诚的仰望者

2
请原谅我的卑微和无知
在否定与否定中肯定是一件不容易的事
把那么多的责任和担当给他
快疯了，比他快疯了的还有
出不了书的耗了多年的诗人
他贫寒的让人瞧不起

3
谁还会以诗取暖

家乡很冷了
昨天去了长城
今天去了地道战遗址冉庄
明天还会去牧场
阳光暖的无法说冷
围着炉火的远方该是白雪茫茫

4

读海子的时候我还年轻
等我看到西川的时候我老了
老先生幽默风趣
在《山水无名》中看到了大段的空白
我的思绪漫无边际地翻页
无法停留

5

喜欢隐居的人守在灯下
他们沿着心脉
掏出自己
或者隐藏在那人背后
叙述自己熟知的一切
还没有拜访他们

自己却已深居简出

6

我得到的够多了
比如这白天、黑夜
可以思索的人生，那么多色彩里
选择可以重演的剧目
时光推移
最后要等的剧中人，还是自己

7

她病了，我从一树秋叶看自己
看到的是孤独
一个人深陷在秋寒里，无法回头
只见那双眼睛定定地盯着我
不说话

8

如果出逃，最终逃不过自己
就这样耗着
爱自己
也爱这个世界

乌篷船

整个四月的静是你的。在月上黄昏，杨柳依依，灯火将燃之时，你翘首等待，等待一个人的到来。

我来了，不早不迟，置身一半是静一半是喧嚣的乌镇。凭栏小桥流水，我成为你怀抱里浸透墨香的文字。

而乌篷船便是那文字的一角，从映在水里的依水人家，长着苔藓的灰白墙垣，记录年代的墨色残瓦里读出的你，便是不可或缺的横撇竖捺里深藏的底蕴。

在这底蕴里流淌的是炊烟升起屋檐的自由隐逸生活，是鱼米水乡荷叶连田的景致，是杨柳烟霞里依依晚唱的恋歌。

船过桥洞的时候，一轮明月升起在水的一端。于是，唐诗宋词元曲里，古典的月一轮又一轮升起在乌篷船里，男男女女沉浸在异乡之喜乐，离愁之哀叹中，平仄摇曳，对仗神韵极佳。

乌篷船摇曳在夜的深处，灯火暗影，人景唯美。岸上人来人往，吟者豪情纵歌，亦有莺莺燕燕入流。窃窃私语的夜船上，摇撸老伯俯仰行进之间，听得夜语呢喃，划开流水声声。月光落在水中，层层水痕向远。

听小调，闻丝竹，几人依景入诗，情景自然；唱心曲，叹此生，无数云烟入画，意境悠然。此处吁叹照自影，此刻人生将重来。

挥手已是一番新景象，诗情画意皆入眼帘。乌篷船摇摇晃晃划出视线，消失在夜深处。

人将远去，依岸，回首，凭栏，却见那一轮月在天上，也在水中。一句告慰的真言里，百般善解人意。

（发表于 2018 年《散文诗》）

附　录

在时间的渡口归去来兮

雷子

在一本诗集未面世之前，能一睹为快，倍感荣幸——这源于对同学的信任。我和韩原林是2019年秋季鲁迅文学院第三十七届高研班(后简称“鲁37高研班”)的学员。

记得开班时，五十六个民族的作家都身穿自己的民族服装，整齐的、微笑着、五彩缤纷地坐在教室里，顿觉“五十六个民族五十六朵花”的比喻真是恰如其分。我不知道作为文学博士的班主任李蔚超老师是如何记住大家的，我也不曾问过别的同学是怎样辨识并记住其他55位民族作家同学的。

课余，鲁37高研班开展得如火如荼的文艺体育活动，促进了各民族同学之间的友好交流。有一天，当大家看见一位身材高大、气质儒雅、说着一口纯正普通话、穿着民族服饰的同学成为班级节目的男主持人时，大家便记住了韩原林同学，他是来自青海循化的撒拉族作家，据说他是位高中语文教师。在此之前我还认识撒拉族两位优秀的作家同学：韩庆功和韩文德。难道撒拉族作家都聚居于青海？都姓韩？他们是不是亲戚？原来用族别、服饰、地理等标识是记住一位同学最便捷的方法。

青海省对我而言，不近也不太远，四川省阿坝藏族羌族自治州的阿坝县与青海省的久治县、玛曲毗邻；若尔盖县则与甘肃省的迭部县毗邻。十几年前，我曾与朋友自驾去过西北、到过敦煌、走过宁夏，十四天的行程里居然没到青海。也许当年的青海没有现在这么火，自从青海2007年举办首届国际诗歌节以来，每届诗歌节成了全世界诗人的节日，因诗歌而狂欢，为青海的美丽而啜泣。未被邀请过，这多少也成为我内心多年来的一缕暗疾；诗人海子的《姐姐,今夜我在德令哈》令多少人对德令哈魂牵梦萦；由歌手吟唱的《走进天空之镜》令无数游客“看见日月星辰共享一片天涯”，为之奔向茶卡盐湖……

在国道 213 阿坝州境内的路段上，我经常看见有来自新疆、青海、甘肃、宁夏、河北、河南等地车牌照的大货车汹涌过境,宛若岷江般湍急。在汶川县至松潘县的这条段路上，我看见过至少三家循化人开的餐厅，有一次我因等车还进去吃过一次那里的牛肉拉面，总觉得那些在国道上开餐馆的异乡人是多么勤劳，他们能将此乡当故乡，是活得多么洒脱与无畏。

通过一个同学的作品去深度认识一方山水，通过一个同学的族别去认识那些久远的民族文化瑰宝，令人欣喜；这一切需要机缘巧合且能让人的内心充满憧憬与思绪，感谢远方的呼唤；感谢文学让我眼界开阔心灵归于沉静。

《渡口归人》是韩原林的第三部诗集，此书分为九辑，分别为：“生命册”“旧书笺”“镜中人”“烟火味”“摆渡人”“归隐客”“画中行”“短歌记”“掌灯人”，光是看这些标题已是诗意浓浓、才情满满。

中国是诗歌大国，现代诗因语言的短小精悍、情感上的直抒胸臆、节奏的明朗舒展、意境的含蓄隽永深受广大读者的喜欢。现代诗的发展从白话、象征主义、现代派、格律派、半格律诗、十四行、楼梯诗、鼓点诗、街道诗、朗诵诗、新民歌、信天游、朦胧诗、口语诗、口水诗……但当下诗歌界形式有些过于自由、直白、写实缺乏诗意的想象力和创造力，部分作品虚无缥缈不接地气，离社会太远且大众化与小圈子的问题也较严重。

古人话说：“诗无达诂”；另一些人说：“写好诗即是不断打破并超越自己”，此话没错。假如让西北汉子打破自己粗犷、彪悍的风格去模仿江南女子的柔美将会是怎样啼笑皆非？假若所有的诗歌都长成花园里清一色名品牡丹，那么野生的映山红、百合、曼陀罗、鸢尾花、狗尾巴草是否会被所谓的“阵营”漠视排挤？但民间的好诗定会以其强大的生命力代代传承、朵朵葳蕤。

当下，中国式的诗意正成为国人们追求幸福的标配，诗意离不开绿水青山，诗意更离不开国泰民安。很多作家和诗人都以写家乡而驰名，故乡是他们灵魂扎根的土壤，故乡是一个作家精神的力量和源泉，他们的故乡也由此变得神秘，值得人们去寻访和拜谒。

细读韩原林的诗歌，我仿佛看见诗人胸口那团化不掉乡愁，一个族群的先祖们于13世纪初跋涉千里，从中亚迁徙到黄河边，不知他们的祖先历经了多少艰辛与苦难。他们的后裔：一代又一代撒拉族人坚守着自己的精神信仰，用勇敢与智慧、豁达与开朗、勤劳与善良、谦逊与诚信从游牧时代走进农耕岁月，直至将自己幸福地融为中华民族大家庭里不可缺少的一员。

诗人们从不吝啬纵情歌唱祖国大好河山，黄河发源于青藏高原巴颜喀拉山北麓的约古宗列盆地，流经青海、四川、甘肃等9省，在山东省垦利县注入渤海。她在青海循化境内为90公里，在九曲黄河第一湾（阿坝州境内流经165公里，在四川和青海的边界刚好是黄河的一个拐角，她以优美的弧度拐完后又流回青海了，亲爱的母亲河是如此浪漫与博爱。

“诗在命运在，命运的起伏里包含着诗的走向”，韩原林的这本诗集大约包括以下内容：一是永恒之爱与生命的顿悟；二是远渡与归来；三是对美的遥想与民族精神华光的抒写。诗歌的根在诗人的自身，在他的血液、基因和气质里。韩原林是个低调的诗人，他将自己的宇宙观和世界观、亲情观与伦理观以诗的方式隐藏其中，或高歌或咏叹；或忧伤或怅然，从诗中我们不仅看见其铁骨柔情，彰显出一位撒拉族勇士始终保持的那份昂扬的赳赳斗志。

很多人写诗起初仅属于个人爱好，作为地域诗人他会因其职业特征逐渐转化为一种社会责任。特别是韩原林作为一名高中语文教师兼当地作协主席职务的背景时，他的诗集应该有很高的关注度，其独特的创造力和想象力会在无形中会感化和引领部分学生的审美和未来。从其诗歌精神中，我们看见一首首诗之灵魂闪烁着独具魅力的光芒，他是智慧的、犀利的，既有豪情万丈的激情，也有属于归隐田园的淡泊，所以他在学生的面前应该是慈祥与严厉并存的化身。

一代又一代文人为黄河写诗，无人计算过黄河边曾有多少古老和新生的渡口，但这些皆成为苦恋故乡之人最深沉的爱，呜咽着去抒发的一部分。韩原林的《摆渡人》是这样写的："摆渡人拉低了帽檐 / 一场雨就要下来了 / 他要赶在一场风前，渡向彼岸 / 他在等一个人 / 水湾的涛声低低地压过来，又回转而去 / 那鸟儿来回穿梭在雨中，在汪洋里 / 俯冲，奋起，向远 / 他还没有来 / 夜幕扯下来 / 他像摆渡人放飞的鸟，云雨路上不见踪影。他得等 / 一声吆喝里起程"，此诗语言简洁，极具水墨写意，像一灵动的国画。诗中的摆渡人是属于过去也属于现在，过往的激流险滩皆其在此诗的时间和空间里得以永恒，它的重点在表现摆渡人的精神特质："勇敢与无畏！""摆渡人"的暗喻可以是任何崇高和平凡的职业，他关乎使命、操守和为之奋斗一生的决绝，细品其诗：有着力量之美与深刻寓意。

再读这首诗："一个简单的场景 / 重复了很多年之后仍记在心里 / 今夜，一个深爱我的人泪流满面 / 让世界刹那成空 / 我的一生抵不过磨损的记忆 / 只够记一个名字"。韩原林的这首《想到忌日》令人感伤、唏嘘，极具画面感。诗人的语言质朴，以情动人。他是一位真正的诗人，他具备着审视生活本质、穿透生死、无畏困苦、依然热爱生活，能产生巨大吸食量和释放量的跋涉者。比如，《花开花落》《父亲》《村庄》《芍药居地铁站》等诗歌都具有同样的穿透力和张力；诗意的超脱和顿悟，铺垫和进取，皆是生命苦难和幸福的诗意呈现。

"人人都是非遗传承人"，诗人亦然。《口弦里的爱》把撒拉艳姑（撒拉族青年妇女）比喻成了红艳艳的阿丽玛，“一句情话里羞红了脸/低头/忸怩不安/却把彼此装进心里”把女子的美貌和羞涩不安的神态尽显纸上。口弦是撒拉族的民间乐器，是非物质文化遗产，被称为是世界上最小的乐器，撒拉语中叫“口细”，是女子思念丈夫、表达情感、承载乡愁的闺中器乐。“谁在远方/弹拨你的心曲……花格窗/月影落/伤心时/夜无边……那一曲别离忧伤/那一曲思念成殇/那一曲诉说刻骨/那一曲祈祷穿心”在诗化的叙述中,撒拉艳姑思念丈夫“刻骨”“穿心”中转化为彼此隔着时空心贴心的交流：“让你我/拾起旧时光/把一颗心揉碎/交给彼此”。在接下来的意象里，女人是“绿盖头下红艳艳的山丹，是篱笆楼上挂在屋檐的红辣椒”；男人是“河流、是涛声是被思念揉碎之后的那一颗心；你是山川、是沙海，是被忧伤刺中之后的那一珠泪”。这种形象的反映了当时撒拉族的生活实际，男人一年内的大部分时间出门在外挣钱顾家，女人在家务农的田园生活，当作者以口弦捕捉这些细节的时候，诗意的文字展现的画面美好无比，在其深情地表达中让人感动落泪。

“谁会缝补炊烟裁剪春风/谁把自己嫁给秋月嫁给星空……”这句“缝补炊烟裁剪春风”写出了心灵手巧的女子形象，“嫁给秋月嫁给星空”写出了孤独隐忍的女子形象。她心中的人好到极致，思念也达到极点：“你眼里的人幸福一生美丽一世/满含热泪的那一刻/是思念、是呜咽、是期盼、是等待……”在这种自然地、喷涌而出的相关思念的词汇中，最后回归到家园、定格在家门口一个一辈子印刻在很多人脑海中极其美好的形象：“炊烟升起/依着门/眺望远方的你/静静地陪伴那一轮月”。意象在这里表现出特定的魅力。“炊烟”“门”“远方”“你”“那一轮月”将乡土、田园和乡愁融入诗境中，这个画面看似是静态的，但几个单词性词汇“升起”“依着”“眺望”“陪伴”将主人公的思念和时空串联组合成每个读者心中的那种特定画面，这应该是乡愁里最美好的一部分，因为这个形象和场景特别像母亲在炊烟中等待孩子归来的画面。

写作永远是一件孤独、清苦和熬人心力的一件事，让人毫不犹豫地奉献自己的情与爱。我之前拜读过韩原林的诗集《清水湾诗笺》和《生命之恋》，其中《大悲舞》《清水湾：家园的早晨》《马儿坡古驿》阅后令人产生怆然、悲凉之感。“诗是诗人和自己与灵魂的对话，是对个体存在的哲学探讨，是对生命的深刻解读。”他以诗歌的形式来演绎生命存在的哲学意义，所以韩原林被喻为“清水湾诗笺里家园痴情的歌者”。他的乡愁诗韵里带着强烈的生死观，更承载着浓浓的乡愁，“清水湾承载的一切变成他笔尖的墨水，跳跃在每一句诗行里，使诗歌具备了一种与众不同的温婉、细腻、感人肺腑之风格”。

韩原林的诗作《诗意食谱》一组诗，发表在2021年《星星》诗刊（散文诗），其中，《金书肉卷》入眼入心：“入味的将是一河的涛声/草原和战鼓/烛光剪辑所有的光影，成色，塑形/金色的麦子把麦浪翻滚成历史的册页/它不属于那个朝代/也不需要篡改或修正/只需要在火上炙烤，又把金书/装册，归位/为我们献身的世界温情至极，像烛火/燃烧时光，消受并存的疼痛和快感；《火山降雪》则另一种风格的表达：“抵消对方的温度/锤炼共塑的高度/火，终将温情脉脉于雪/雪，终将泪流满面于火/是的，我们终将相忘于江湖/面对一场修行，把自己/全部交付给对方/成全自己。”相信读到这首诗的人一定像我一样吞咽着唾液，在极简的文字里沉浸其中。青海的美景、美食、美人、名胜古迹令人向往！这归于诗歌散发的人间烟火味发出的致命邀请。

诗人匍匐于渡口倾听黄河的心跳；诗人站于高山仰望星空；诗人守望历史、感恩时代。韩原林的《家园：不朽的红光村》则是撒拉族诗人以饱满的激情回望红色岁月；他用才情将峥嵘岁月深情抒写；他在黄河的渡口循化一次次将辉煌岁月生死朗读，以诗、以词、以自己代言将一个族群的信念、荣光、尽情礼赞和讴歌。

“时间，你是我永远的沉默”，《渡口归人》是诗人站立于时间的渡口、黄河的渡口归去来兮的生命历程，那些诗是值得读者慢慢去沉浸和抚摸的。诗中无论“可歌可泣的疼痛”还是“渡口归人怒放的生命”，无论是“宿命”的摆渡还是“归来”，皆属于精神和肉身的双重农耕和游牧。

认识一个民族的作家，即打开了一个民族的心灵史和成长史。古羌人曾经是青海、甘肃的原住民，我的远祖，“西戎”“戎狄”“西羌”人曾经在那里创造过灿烂与辉煌的古代文明，他们用羌笛（骨笛）在天地间、在茫茫西北吹奏过忧伤与沉沦的笛音，他们用千年的时间征战与迁徙，直到今天的羌族人在川西北高原诗意地栖居。我偶尔凝望着西宁、德令哈、马家窑、齐家、卡约、辛店这些陌生却又令我心魂莫名激动的地名。

真诚祝福韩原林同学的诗集尽快出版，让更多的读者从中获得美与勇气。如果可以，我将邀约满族作家王开、布朗族作家李俊玲同学先去拜访韩原林诗集中的《塔城伊蔓树的主人》，被喻为“大班花”的塔塔尔族再屯那老师。“我们终将沿着十月 / 回到塔城 / 伊蔓树，我凭着童话一样的描述 / 回到城堡里，见到城堡的主人 / 她叫洋婆婆 / 一个从梦里从童话里走出来的人 / 一个美的不能再美的人 / 一个爱塔城爱伊蔓树的人 / 我的笔尖流淌着的你最初的印象 / 你是万马奔腾中遥遥领先的那一匹骏马 / 你是众多美人中脱颖而出的那一位舞者 / 这群像在十月的舞台美好而温暖 / 她是多么亲切、美好 / 伊蔓树的清香漫过大江南北 / 我将沿着丝绸之路的驼队 / 走进塔城故事 / 去见王子和公主。”

诗意的呈现，将激起我心中无限的向往！

我们计划着还要去云南、贵州、青海、新疆等地，逐个拜访不同地域的民族作家。遥想“56个民族作家的诗集有序的链接，将勾勒出雄鸡版图的如花轮廓，那将是最美、最瑰丽的诗意中国”！

2021年7月20日于四川省阿坝州茂县

（雷子，原名雷耀琼，中国作家协会会员，诗集《雪灼》获第九届骏马奖）

后　记

从武侯祠回到住处后，突然觉得该写写诗集后记了。在成都这座被诗文浸融过的千年古城里，又让自己回到诗歌创作的成长之路上。

在诗歌写作途中，沿着前辈们的脚印前行，他们浪花一样跳跃闪烁的文字，让我有了前行的目标和方向，也给我注入了在诗行间远行的动力。

为什么写诗?

很多人这么问过我。“喜欢”是最好的理由。诸如为民族而写、为地区立传等等豪言壮语，我是万万不敢想，也不敢言的。我对作家雷子所说的“文学是对生活的修行”感同身受,也正如有人说 :“写着写着，就成了作家，也就拥有了独特的审美世界。”

人的情感细微且微妙，每个人面对同一事物会有不同的感受，产生不同的看法。在人世间走一遭，尽享恩泽、学识和才华，总不能虚掷一生。在人生最美的年华，倾尽全力，教书育人，践行最初的使命，感受花开花落的诗意人生。感恩自己拥有一双在凡常中发现美的眼睛。在寻找与采撷中，不断和自己对话，和心灵对话，和人生对话……一行行灵动的文字，让我领悟到人生的价值和生命的意义。一句句标注自己内心的诗行，汇聚成一首诗、一部诗集。也就在回头的那一瞬间，我意识到，历史交付于我们这一代人的使命略显沉重。

对于任何个体而言，都有自己的诗和远方，或轻盈如蝶，或拙如蜗牛，总有一丝美好在心间。

那些年，偶尔受邀给学生上自己诗歌作品的欣赏课，听完课后，好多学生跑到教学楼大厅的书吧，抢空了我的诗集，我只好再放一些上去。一位学生对我说："书本里的作家离我们太远了，而您离我们最近。老师，您是一名作家，作为您的学生，我感到很幸运，也很自豪！您是我们的骄傲！"

多么触动人心的"表白"！

撒拉族作家韩庆功老师说："原林是一名让学校和家长都放心的好老师，很受学生爱戴。他很好地处理了工作和创作之间的关系，把认真严谨交给了教学管理工作，把娱乐和休息时间交给了文学创作。无论从哪个角度看，他都很优秀，很成功！"

生命的河流在诗意中沉浮，笑对师生，笑对亲人，笑对朋友，笑对生活，用诗性涂抹顺逆悲喜的往事，让不断增添年轮的自己继续在真善美的境界里成长。

我的笔端描述一群摘取生命桂冠的人，其中就有你和你的影子。我和你，在文字里相遇，在美好的时空里交流。有时候，我甚至在想，如果没有你，我就读不懂节气和雨水，读不懂生命始生、终结、再延续的全部内涵。

一叶一脉，一花一果；日日守望，年年等待；繁花开落，岁月静好。

在时间的长河里勇敢前行，在文字里乐忧相生，功过自知。而我更希望，在路上，等待我们的将是春去秋来、夏雨冬雪的大美之景。

一代代人，沿着时光前行！

沿着先辈们的足迹一路前行，蓦然回首，循化新生代本土作者用强烈的责任担当，促进了本土文学的转折、蜕变，走上了新时期文学再发展的大舞台。韩庆功先生的长篇小说《黄河从这里拐弯》磅礴宏大，已故诗人马汉良先生的诗集《沉河》超脱自然，马秀芬女士的散文集《一棵开花的树》恬淡明丽，韩晓炫先生的长篇小说《前世流传的玉》悲切动人，马明全先生的散文集《莫道乡关远》深沉厚重……同时期，绽海燕、牧雪、马永祥、韩金月、陈华、索里么、黎明等文友出版了自己的作品集，实现了"质"和"量"的双层突破……在亲历时代发展变化的同时，我也在“渡口”收获诗和远方。

渡口归人，这是一个唯美的境遇！

清水湾是一个绝美的黄河渡口，那些老城墙土坯房已然沉于岁月河底，而对岸的小村庄却依然是个桃花源一样的美好存在，宛如大自然藏起来的秘密花园。那是我村庄的一部分，那里封存着我童年的美好记忆。对于诗集之名所要呈现的涵义，我内心自然很清楚，但始终纠结如何表述、或何以冠名。就在这时，循化作协会员韩艳蓉女士再次肯定、确认了其内涵，如我所愿。她说：“在我看来，《渡口归人》这个书名包含了两种意境：渡口，是守候着黄河家园的先辈们；归人，则是繁衍生息、不断走出家园又不断回归本土的一代代新人！”

是啊，我们这一代人，正在上演属于自己的历史。

写到这里，窗外响起一声声鸟鸣，抬头便看到一棵巨大的榕树，它的生命力和扎根的态势与我此刻的心境有了某种契合，感动不已，便想伸出手触摸它的枝叶。

这繁茂的枝叶，让我想起扎根在老家院墙边的榆树和柳树，它们经风挺雨，坚韧而有力量。乡土情结承载的生命力量构成了一幅幅内涵唯美的风土人情画：老屋门口堆放的木柴，厨灶内燃烧的火焰，土巷里飘荡的炊烟……当我在城市的灯火里倦意十足时，回到记忆深处的乡土生活，浅一层是画意，深一层是诗情，一幕幕都是生活情景的深情回放。

正因为这样，游移不定的灵魂需要找到天赐的桃花源式的回归之处。在那里，把乐观尚善、勤劳坚韧的基因植入生活的内核中，将隐忍内敛且又热情豪爽的个性，融入不断探索与追求的精神世界里，把日子，把时光，串联成时间的河流！

心灵的契合是诗书里的“恩谢”，感谢有你，感谢和你一起的时光，感谢你的善良，感谢你的美好……你读到我，读到我的笔尖流淌着的黑夜，白纸上移走的白天，读到我举着的心灯照亮的天地，读到我的悲欢，读到我的初心……我读到了你，读到了你传递给我的力量，读到了你给我的支持，于是，我将你写进了诗里！

在最美的瞳孔里，我看到了最美的世界和风景！当我的笔再一次触摸那些往事，你我都将在故事里重演美好的过去，展望值得可期的未来！

这部诗集即将出版之际，对县委宣传部、县域文化界、教育界、企业界及热心读者的关心支持深表谢意。也特别感谢韩兴旺董事长对出版这本诗集的关心和大力支持。

付梓成书、集诗微册！有幸得石彦伟博士诗序，更蒙雷子老师的评论，不仅赋予诗集哲理层面的横向解剖，更提升了情感层面的纵深解读，你们比我自己更懂我！

此刻，在你即将合上这本诗集时候，不论我们曾经遇见还是错过，不论我们依然相伴还是远去，不论远渡还是归来，你我已经完成了心灵的对话……假如我还需要等待，在生命的下一个渡口，我等你归来！

韩原林

2021 年 6 月 23 日成都·四川师范大学初稿

2023 年 11 月 1 日武汉·华中师范大学定稿